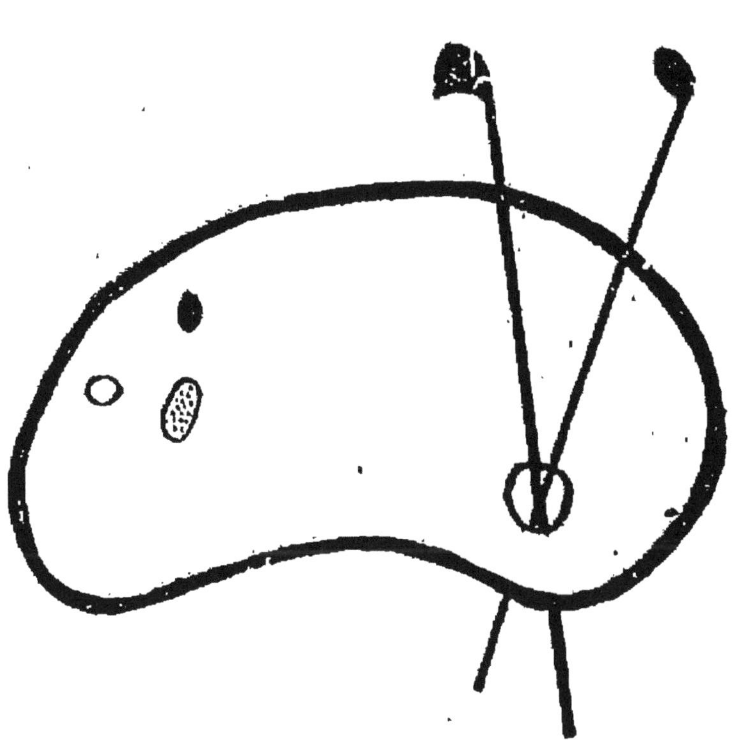

DEBUT D'UNE SERIE DE DOCUMENTS
EN COULEUR

CATALOGUE

DE

TABLEAUX ANCIENS

ET QUELQUES MODERNES

Provenant de la Collection de M. T***

DONT LA VENTE AURA LIEU

HOTEL DES COMMISSAIRES-PRISEURS

RUE DROUOT, N° 5

SALLE N° 3, AU PREMIER ÉTAGE

Le Samedi 19 Février 1859, à 1 heure

Par le ministère de Me **BOUSSATON**, Commissaire-Priseur
rue des Petites-Écuries, 43

Assisté de M. **DHIOS**, Appréciateur, 33, rue Le Peletier,

CHEZ LESQUELS SE DISTRIBUE LE CATALOGUE

EXPOSITION PUBLIQUE

Le Vendredi 18 Février, de midi à 5 heures

PARIS

RENOU ET MAULDE

IMPRIMEURS DE LA COMPAGNIE DES COMMISSAIRES-PRISEURS,
rue de Rivoli, 144.

1859

CONDITIONS DE LA VENTE.

Elle sera faite au comptant.

Les adjudicataires paieront cinq centimes par franc en sus du prix d'adjudication.

17	Cadres portraits	3	
13	" Lune et Lapin	2	
6	"	1	
4	"	8	50
3	"	5	50
2	"	4	
2	"	4	75
2	"	9	50
1	"	4	75
1	"	4	
1	"	11	50
2	"	8	
2	"	8	
2	" Louis XIV	12	50
2	" Sculptés	11	
1	"	7	
Tableaux (Dame dans le désert)		7	
2 paires (cadres et panneaux)		4	25
		116.	25

DÉSIGNATION

DES TABLEAUX

HUET (Jean-Baptiste).

1 — Paysage avec vache, moutons et poules. (Toile.)

LEPRINCE (Xavier.)

2 — Fête champêtre dans une forêt. (Toile.)

BERGHEM (École de).

3 — Bergers et animaux près d'une fontaine. (Bois.)

DEMARNÉ.

4 — Cour de ferme. (Bois.)

PAUL BRIL.

5 — Au milieu d'un bois une femme est agenouillée aux pieds de Jésus, qui est entouré de ses apôtres. (Bois.)

BASSAN (J.)

6 — La Toison. (Cuivre.)

DE WETH.

7 — Mort d'un guerrier.

TENIERS (d'après David).

8 — Danse de villageois. (Bois.)

FRANCK ET VAN KESSEL.

9 — Deux tableaux. Saint Paul et sainte Madeleine, médaillons entourés de fleurs. (Cuivre.)

FRANCK (FLORIS).

10 — Le Christ sur la Croix. (Cuivre.)

GUILLEMINET.

11 — Coqs et poules. (Toile.)

BREUGHEL (d'après).

12 — Deux fixés. Paysages et figures.

VALENCIENNES.

13 — Diane et ses nymphes surprises par Actéon. (Bois.)

H. BELLANGÉ (1834, signé).

14 — Une Halte de cavaliers et fantassins à la porte d'une auberge. (Toile.)

LAMBRECHTS.

15 — A la porte d'une maison, plusieurs personnes prennent le thé. (Toile.)

ROSE DE TIVOLI.

16 — Berger avec chèvres et moutons. (Toile.)

DU MÊME.

16 bis. — Bergère gardant des vaches. (Toile.) (Pendant.)

CARPENTÉRO.

17 — Moutons. (Bois.)

BREUGHEL (le vieux).

18 — Misères de la guerre. (Bois.)

SCHUTZ (genre de).

19 — Un paysage; au milieu un pont au bas duquel coule une rivière où viennent s'abreuver des vaches, des ânes et des moutons conduits par des bergers. (Toile.)

PORBUS (genre de).

20 — Portrait d'un prince d'Orange. (Bois.)

GRYF.

21 — Chiens gardant du gibier. (Bois.)

L'ENFANT DE METZ.

22 — Portrait de jeune fille. (Bois.)

SWÉBACH (genre de).

23 — Une Bataille. (Toile.)

FORT (Th.) (Signé.)

24 — Chevaux de trait dans une écurie. (Bois.)

GRIFFIER (attribué à).

25 — Paysage. A gauche, un pont que vont traverser deux villageois; plus loin, de hautes montagnes. Sur la droite, un chemin avec figures et animaux. (Toile.)

H. D. (Signé, 1834.)

26 — Paysage avec ruines ; sur le milieu est un chemin sur lequel est un berger suivi de quatre vaches. (Bois.)

BREUGHEL.

27 — Canal glacé à l'entrée d'une ville. (Toile.)

DROLLING.

28 — Le Petit mendiant. (Toile.)

DESGRANGE (Signé).

29 — Bois traversé par une rivière ; effet de soleil. (Bois.)

GAUTHIER (C.) (Signé).

30 — Paysage avec animaux. (Bois.)

CONSTANS (Signé).

31 — Paysage avec cavaliers ; plus loin, une rivière sur laquelle est une barque. (Bois.)

NETTER (B.) (Signé).

32 — Pâtres gardant des animaux dans un pâturage, situé au bord de la mer. (Toile.)

DU MÊME.

33 — Le Passage du gué. (Toile.) (Pendant du précédent.)

DU MÊME.

34 — Combat de cavaliers au milieu de rochers. (Toile.)

BONNINGTON (genre de).

35 — Vue d'un port de mer près d'un monument en ruines. (Toile.)

DEMARNE (genre de).

36 — Une Bergère est debout et file; près d'elle un berger assis joue de la flûte; autour d'eux, animaux au repos. (Études sur carton.)

DEMARNE (d'après).

37 — L'Abreuvoir. Belle compositon. (Toile.)

H. GENSTERS (Signé, 1788).

38 — Au milieu d'un bois traversé par une route, on voit une habitation rustique. Composition animée de figures et animaux. (Bois.)

DEVÉRIA (J.-A.) (Signé, 1840).

39 — Paysage. Sur le premier plan est une croix derrière de grands arbres. (Toile.)

VAN VITELLI.

40 — Vue de la place du peuple à Rome. (Toile.)

CLAUDE LORRAIN (d'après).

41 — Paysage marine. (Toile.)

LEBRUN (attribué à).

42 — La Naissance de Jésus. (Toile.)

BRIL (PAUL).

43 — Paysage boisé entouré d'eau. Sur le premier plan, à droite, deux figures : le Christ et un autre personnage. (Bois.)

GRIFFIER (Signé).

44 — A droite, une vieille tour, baignée par une rivière, sur laquelle on voit deux barques ornées de figures. (Bois.)

THANS (G.) (Signé, 1843).

45 — Le Retour du chasseur. Effet de lumière. (Bois.)

MOUCHERON.

46 — Paysage boisé ; sur le premier plan trois figures, dont une femme montée à cheval. (Toile.)

D. V. B. (Signé 1665).

47 — Dames et soldats à la porte d'une prison. (Bois.)

HONDT (le chevalier de).

48 — Une bataille. (Bois.)

GUYLENBURG.

49 — Le jugement de Paris, un amour pose une couronne de fleurs sur la tête de Venus qui reçoit la pomme. (Bois.)

L'ALBANE.

50 — Le sommeil de Venus. (Toile.)

WOUVERMANN (Genre de).

51 — Halte de cavaliers. (Gouacke.)

KABEL (Van der).

52 — Vue d'un port de mer, à droite, un monument, devant lequel est une place animée d'un grand nombre de figures. (Bois.)

CHONÉ (signé).

53 — Fleurs. (Toile.)

GÉLIBERT (1844, signé Paul).

54 — Deux béliers dans un paysaye. (Toile.)

L'ALBANE.

55 — Les amours, endormis, sont désarmés par des Nymphes. (Toile.)

BREUGHEL (école de).

56 — Les douze mois de l'année. (Bois.)

BALEN (Van), et KESSEL (Van.)

57 — Les forges de Vulcain. (Toile.)

MIGNARD (genre de).

58 — Portrait de jeune dame. (Toile.)

MIREVELT.

59 — Portrait d'homme avec collerette. (Bois.)

BELLANGÉ (genre de H.)

60 — Halte de soldats devant une auberge. (Toile.)

RUBENS (école de).

61 — Le Jugement de Paris. (Toile.)

RUBENS (école de).

62 — Cérès entourée de deux Nymphes. (Toile.)

RUBENS (école de).

63 — Le combat des amazones. (Toile.)

FRANCKFORT (Rose de).

64 — Pâtres gardant des bestiaux. (Deux pendants sur bois avec bordures sculptées.)

BREYDEL (le chevalier).

65 — Paysage avec cavaliers sur le premier plan. (Bois.)

DEMARNE (attribué à).

66 — Paysage avec vaches et moutons gardés par des bergers. (Toile.)

CHUTZ (de Francfort).

67 — Petit paysage animé de figures ; à droite un vieux pont conduit à une habitation dans le fond des montagnes. (Bois.)

DU MÊME.

68 — Petit paysage ; à gauche une vieille habitarion ; vers le milieu plusieurs villageois dans le lointain ; hautes montagnes. (Bois pendant du précédent.)

BRAUWER (Adrien).

69 — Intérieur de tabagie. (Bois.)

OSTADE (genre de ADRIEN).

70 — Une vieille et deux buveurs sont attablés près d'un banc qui leur sert de table. (Bois.)

DUPLESSIS.

71 — Paysage avec cavaliers. (Bois.)

POELENBURG (genre de CORNEILLE).

72 — Paysage avec baigneuses près de ruines. (Toile.)

SWÉBACK (J.)

73 — Convoi militaire; sur le premier plan plusieurs officiers supérieurs à cheval se dirigent vers un camp. Tableau très-fin. (Bois).

BON (signé 1819).

74 — Entrée d'un village traversé par une grande route où causent plusieurs villageois. Bois.)

LAWRINCE (d'après).

75 — Le thé, scène d'intérieur. (Bois.)

GUILBERE (signé L.).

76 — Jeunes filles revenant des champs. (Toile.)

E. C. (signé 1844).

77 — Entrée d'un port. (Bois).

1147. 25

CREPIN.

4. 25 78 — Paysage avec bergers. (Toile.)

ARTOIS (Van).

12. 50 79 — Sortie d'un bois avec cavaliers. (Bois.)

GIUDO RENI.

7. 50 80 — Le sommeil de Jésus. (Toile.)

MEFFRE (signé 1846, A.)

15. 81 — Un char traîné par deux bœufs que conduit un villageois. (Bois.)

WAGNER.

10. 50 82 — Paysage traversé par une rivière ; à gauche on voit l'arche d'un vieux pont. (Toile.)

NETSCHER (Gaspar).

6. 50 83 — Petit portrait d'homme époque Louis XIV. (cuivre ovale.)

DU MÊME.

14 84 — Petit portrait d'homme avec rabat en dentelle. (cuivre ovale.)

1219. 50

TOURNIÈRES.

85 — Petit portrait d'homme à perruque poudrée, époque Louis XIV. (Bois.)

AUBRY (genre de).

86 — Jeune paysanne. (Bois.)

DU MÊME (genre).

86 *bis*. — Jeune fille en pleurs. (Bois.)

FAUVELET (attribué à).

87 — Jeune femme à son chevalet. (Bois.)

HUET (genre de JEAN-BAPTISTE).

87 *bis*. — La petite fermière. (Bois.)

VALIN.

88 — Vénus et l'Amour. (Bois.)

DU MÊME.

88 *bis*. — Même genre de composition, pendant.

CUYLENBURG (genre de).

89 — Baigneuses. (Bois.)

KABEL (VAN DER).

90 — Bord de la mer. (Cuivre.)

OSTADE (d'après ADRIEN VAN).

91 — Cabaret hollandais. (Bois.)

LANTARA (genre de).

92 — Deux paysages, bords de rivière. (Bois, 2 pendants.)

TAUNAY.

93 — Bergers conduisant un troupeau (à droite une chapelle). (Bois.)

LACROIX (attribué à).

94 — Paysage avec rivière; sur le premier plan un pêcheur retire ses filets. (Bois.)

T. R. (signé).

95 — Paysage, lisière d'un bois. (Bois.)

LAGRENÉE.

96 — L'Ivresse de Silène. (Cuivre.)

JULES ROMAIN.

97 — L'Arrestation du Christ. (Grisaille sur cuivre.)

D. C. (Signé.)

98 — Paysage avec laveuse. (Toile.)

BRÉEMBERGH (Bartholomée).

99 — Paysage sur un chemin que borde un bois, trois personnages cheminent en causant; à gauche deux pâtres gardent un troupeau. (Bois.)

PAUL BRIL ET VAN BALEN.

100 — La Chasse au sanglier. (Cuivre.)

LAWRINCE (genre de).

101 — Une Scène de Tartuffe. (Bois.)

MICHAUD.

102 — Paysage avec animaux traversant un gué. (Toile.)

ÉCOLE ITALIENNE.

103 — Deux Tableaux de fruits et oiseaux. (Toile.)

DE LA MÊME.

104 — Combat de cavaliers qu'un rayon de lumière céleste vient de faire cesser. (Bois.)

DE LA MÊME.

105 — Paysage avec bergers conduisant des animaux qui traversent un pont. (Toile.)

DE LA MÊME.

106 — Paysage historique. (Toile.)

ÉCOLE FRANÇAISE.

107 — Vue d'un château avec parc au bord d'une rivière. (Toile.)

DE LA MÊME.

108 — Le Collin-Maillard. (Bois.)

DE LA MÊME.

109 — Extérieur de ferme où l'on voit des poules et canards. (Bois.)

DE LA MÊME.

110 — Réunion de personnages de la Fable. (Bois.)

ÉCOLE FLAMANDE.

111 — Deux gouaches : Achille reconnu par Ulysse, et un Sacrifice.

DE LA MÊME.

112 — Campement d'une nombreuse famille dans la campagne. (Toile.)

ÉCOLE FLAMANDE MODERNE.

113 — Vue de la ferme de Saint-Jean près du champ de bataille de Waterloo. (Bois.)

ÉCOLE FLAMANDE.

114 — Un Amour en bonne fortune. (Bois.)

DE LA MÊME.

115 — Deux petits Paysages ronds dans des bordures en bois sculpté. (Peints sur bois.)

ÉCOLE HOLLANDAISE.

116 — Un Canal glacé avec patineurs. (Toile.)

ECOLE ALLEMANDE.

117 — L'Ane entêté. (Cuivre.)

DE LA MÊME.

118 — Paysage : sur le premier plan on voit une femme assise, près d'elle est un jeune garçon et debout un villageois. (Bois.)

DE LA MÊME.

119 — Paysage avec cascades, dans les bas plusieurs pêcheurs. (Toile.)

DE LA MÊME.

120 — Vue de Suisse : on voit de hautes montagnes avec cascades ; dans le bas une habitation de villageois. (Toile.)

ÉCOLE MODERNE.

121 — Paysage avec bergère gardant des vaches, sur la route une femme est montée sur un âne suivie d'un homme. (Bois.)

Deux Études de fleurs et un Paysage. (Études sur carton.)

DE LA MEME.

122 — Intérieur de cuisine. (Bois.)

DE LA MÊME.

123 — Étude dans les montagnes, dans le bas un berger conduit un troupeau. (Toile.)

DE LA MÊME.

124 — Le Prisonnier. (Bois.)

DE LA MÊME.

125 — Jeune fille et garçon gardent des moutons. (Bois.)
Le Galant jardinier. (Bois.) Pendant.

DE LA MÊME.

126 — La jeune Bouquetière. (Bois.)

INCONNU.

128 — Scène de carnage sur un vaisseau. (Bois.)

INCONNU.

129 — Près d'une maison où l'on voit les arches d'un acqueduc cheminent un cavalier et plusieurs piétons. (Bois.)

INCONNUS.

130 — La Vierge au milieu des apôtres. (Miniature sur vélin.)

131 — Vue de Suisse fixée avec cadre ébène.

132 — Portrait de femme. (Miniature.)

133 — Massacre des Innocents. (Dessin colorié.)

134 — Les tableaux omis.

Renou et Maulde, imprimeurs de la Compagnie des Commissaires-Priseurs, rue de Rivoli, 144. 947

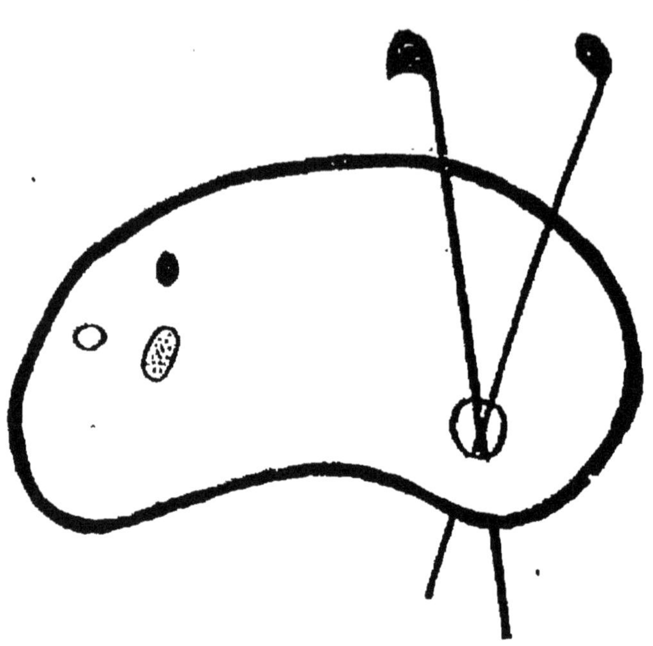

FIN D'UNE SERIE DE DOCUMENTS
EN COULEUR

www.ingramcontent.com/pod-product-compliance
Ingram Content Group UK Ltd.
Pitfield, Milton Keynes, MK11 3LW, UK
UKHW020412250726
13967UKWH00006B/2599